〔一字不刪本〕

〔短歌集〕

馮唐

詩三百
一言以蔽之
曰思無邪

浮屠不三宿桑下
不欲久生恩愛
精之至也

繁體中文版序

# 一言以蔽之，思無邪

馮唐

從小學上中文課開始，我一直有個妄念：如果老師讓我們背誦的中文長詩只有最美、最好聽、最膾炙人口的那兩三句該有多好！《長恨歌》只剩一句「芙蓉如面柳如眉，對此如何不淚垂」，《水調歌頭》只剩一句「明月幾時有？把酒問青天」，該有多好！和別人顯擺才學，背這幾句就好了，誰有時間聽你背完整首《長恨歌》啊？

那時候我老爸喜歡做糕點給我們吃，他在蛋糕上點綴幾顆我最喜歡的葡萄乾，然後再送進烤箱裏烤。我說為甚麼不讓我只吃葡萄乾啊？我只想吃葡萄乾，只想被「芙蓉如面柳如眉」。我老爸說，他也不知道為甚麼，但是似乎世界一直就是這樣的，葡萄乾就要以很少的數量存在於蛋糕之上，金句就要以很少的數量存在於長詩之內。

我不想尊重這個規則。絕大多數時候，我選擇無條件接受這個世界。但是極其偶爾，我也想改變這個世界。於是我創立了超簡詩派，出版了《馮唐詩百首》，試圖用最少的漢字，呈現最美的詩意。

在現世，詩人似乎成了一個充滿貶義的名詞，和不學無術、不切實際、百無一用等等近義。但是，如果我只有一個身份，我想，我是個詩人，哪怕是在現世。

人們似乎以為寫詩很容易。其實，寫詩最難。我可以在眾目瞬瞬之下寫雜文，可以在任何一個半年到一年寫一部長篇，但是我永遠不知道下一首詩甚麼時候會到來。而且，寫詩很痛，「為了愛你，空氣／我的心和我的帽子／都在傷害我。」（洛爾迦）

人們似乎認為寫短詩更容易。其實，寫短詩更難。彷彿很多人都可以滔滔不絕地訴說，逼話兒比敦煌還多，但是極少有人能一句擊中淚腺，兩句讓聽者內心腫脹。「為了把你帶到唇間，燃燒了／多少片海，多少隻船。」（安德拉德）

《馮唐詩百首》之後，我以為我的詩才盡了，沒想到，心胸打開，還是會痛，偶爾還是有詩射進來。我還是盡量寫短，甚至比《馮唐詩百首》中的絕大多數還短。我看了幾本日本的短歌集，我想，這個形式不錯，為甚麼不學習？三年下來，有了這本《不三》，中文第一本奇數詩集，全部短詩都是三句。

《不三》一共三百零五首，數量和我最愛的《詩經》一樣。在國內出版時，因為涉嫌情調不健康，被刪了三十七首，出版時只剩二百六十八首，如今在香港「天地圖書」出版繁體中文版，被刪節的全部恢復，一共三百零五首，一言以蔽之，思無邪。

是為序。

## 001

一個皮膚白得要命
頭髮黑得要命的女人
和一個男人輕盈地離開了

*002*

每次拖着箱子
離開酒店的房間
覺得又死了一次

# 003

明天安排裏沒有任何不會幹的事兒
可是想想明天
還是很累

## 004

你從不說想我

「你想我嗎？」

「下週在嗎？喝茶吧。」

*005*

你離開三個月了
你買的牙膏
今天用完了

*006*

我學會了一種死的語言
人類裏只有另一個人會
這個人不知道躲在哪裏

# *007*

明天和生命盡頭常常清晰可見
時間折蝶
春花晃眼

*008*

翻舊書看到以前的批註
三十年了
我和人類似乎毫無長進

*009*

有幾張人臉死活記不起名字
書架上多出來
幾把不知道開甚麼的鑰匙

*010*

喝豆漿沒有油條是無比殘忍的
燈光亮在你的頭髮上
手不能摸摸，也是

*011*

少年時喜歡雨天
覺得味道和觸覺比語言豐富
被說成精神和三觀有問題的少年

*012*

其實我們不是自殺

使命失敗

早點回到飛船

*013*

一年一填一交的稅

不定期夢見的你

手裏不停老去的軀體

## 014

山裏的鳥叫
好久沒聽見了
聲音大得像狗叫

## *015*

總是不確定是否上好了鬧鐘
夜裏總想去確認
鬧鐘響了，和死亡一樣確定

*016*

一條魚在嘴裏有了初夏的味道
户外柳絮飄
初夏有了你的味道

*017*

隔了十年才又見面的很多人
透過今春的海棠看過去
恍惚來生轉世

*018*

仔細盤起的一絲不亂的頭髮
努力開放的大朵的花
一些我不真想搞明白的謎

019

報稅的季節呼嘯而來
人發明了很多
讓人覺得生無可戀的東西

*020*

十年到處工作之後
把所有的紙書聚集到一處
我第一次意識到，到死也讀不完了

## *021*

四十五歲生日前跑過東京皇居河邊的殘櫻
青春攢足力氣如櫻花般在瞬間開盡
剩下枯木般沒有任何花期的後半生

*022*

那些第一眼就堅定地愛上我的人啊
我看着你的眼睛
堅信上一世我拿走了你的寶物沒還

*023*

在大雨裏不打傘
人為甚麼總要做對的事
雨抽在臉上的土腥味真好聞啊

## *024*

你說驚雷
我說去睡
露珠煮鹵煮

### *025*

晚上喝點好酒
和京城的夜色告別
我的中指已經發炎了

*026*

你當初的那些女朋友啊
她們長得真好看啊
我給她們看過手相和腳相

## *027*

看到某種彗星
聽到某種音樂
我感到一種呼喚

*028*

作家只解決兩個問題

生死

愛恨

*029*

男生對女生的了解
只是
螞蟻對一條胡同和一個地球的了解

030

宇宙呈現必然的規律
見到一個美女
杜牧慨嘆後庭花

031

我看到的今夜的星空
是幾萬年前的光
我看到的你是此時的你

## 032

老哥說，找個小姑娘
那太容易了
但是這個老女人，我必須保護

# 033

如夢幻泡影，如露亦如電
天天想到
但是，偶爾的妄想虛幻真是美好啊

## *034*

約了曹操飲酒
讀詩，唱歌
相坐無語

## 035

睡了一個大覺
不覺夢無數
人腦子裏究竟留了多少雜物

# 036

看到一支茂盛的花，像你
忍了忍
沒告訴你

## 037

天地才是最大的古董
從唐到宋，從明到清
創造保護毀滅，人仰馬翻包漿豐盈

*038*

學會失去
越早越好
我忽然覺得自己有些殘忍

## *039*

我想念你
我覺得我們會在不同時間和空間裏
以不同速度繁盛和老去，不復相見

040

最虛無的語言反而最恒久

長安城凋敝

小孩子在西安高新區的街道上背唐詩

*041*

鳩摩羅什意譯佛經

死前說，如果所譯無誤

死後焚屍，舌成舍利

*042*

據說鳩摩羅什本來可以修成第二個佛陀

如果他不破戒

真好奇，他如何破了甚麼戒

*043*

鳩摩羅什在遠離長安的草堂寺
埋頭泡妞，皓首窮經譯經
告誡自己：少吹牛逼多讀書

*044*

用土地生春葉的方式
用山川出珠玉的方式
碼字

045

枕上不承認已是做了叔叔的年紀
夢見兒時讀的名著
少年時思念的那幾個婦女

*046*

「他和我交往過一段，

連我都沒喜歡上，他一定是個gay。」

「他之前不是gay，和你交往後，就變成了gay。」

047

春衣宿花
秋心長苔
每次都以為能勝，每次都輸

## *048*

「至今思項羽，不肯過江東」

十五歲時覺得他定義了loser

四十五歲時覺得他是個好情人

*049*

愛恨一紙
佛魔一紙
我拿淫慾換詩文一紙

*050*

你送了一瓶據説喝完才能今生圓滿的酒
酒喝完了我沒死
你不知道在哪裏

*051*

「我愛你，你愛我嗎？」
無數人感到
極少人說出口

## 052

在魯迅文學院給作家們講周作人講完，第一個作家提問：

「你後海的院子現在值多少錢？」

## 053

怕一切又只是另一個輪迴
又歡喜於春花盛開
畢竟冬天暫時過去了，是吧

054

孩子敢於做
而成人往往做不到的是：
不給萬物命名、很快忘記、不在乎受傷

## 055

讀了《一休和尚全集》
印象最深的是他一首詩的題目
「美人陰有水仙花香」

# 056

你讓我下地獄
我不甘心
一起？

## 057

你來就是節日
節日不是日日
我想去看看你

*058*

好白菜被豬拱了

好水被王八游了

現世總是超越想像

## 059

原來學醫，是在標準品的基礎上鑒別
後來遇上的古玉也一樣
遇上的男女之慾也一樣

*060*

《資治通鑒》三百卷
一言以蔽之
狗改不了吃屎

*061*

細看基因組學
人和狒狒的基因差異不到百分之一
人和佛呢？

## 062

「我一直想，世界上一定有一個人
只是為了我而生。」
「其實，類似的人至少有二十萬。」

*063*

「我愛上了他愛我的感覺」

「少女心」

「不只是少女心，是一切心」

*064*

最是
雙手合十時
我使盡了不摸你的力氣。

## 065

時間簡短
想看的書看看
一輩子過完

## *066*

我三歲時我爸反覆教我如何自己拉屎
我爸八十三歲時我反覆教他如何用手機
我想了一下中間這八十年的意義

## 067

初冬的霾像孜然放多了的燒烤
初夏的霾像胡椒放多了的燉湯
我們的世界就是一個銅牆鐵壁的廚房

## 068

杭州之美在湖與筍
昨夜和你走湖有雨
今日獨跑有汗

## 069

有了孩子之後怕死
於是有了人壽保險
有了愛情之後怕老怎麼辦

070

不是有去無回的
不是愛情
但是一直有去無回，會到哪裏

*071*

風大的時候難免忘記
以及記起
你仔細洗好頭髮遠道來看我

# 072

「你長這麼好，又有今天這樣的成就
一定有被婦女潛規則過」
這個兄弟可真會誇人啊

073

一個湖，可以看一天
一盆火，可以看一晚
一個人，可以想幾十年

074

忙到，剪完指甲
覺得完成了
一件非常重大的事兒

## 075

那個把我二百封手寫信燒了的
那個人
那個夏天

076

你見過我少女時代的樣子
所以我捨不得離開你
因為我貪戀一個人記憶裏我完整的樣子

*077*

女生的擰巴來自總問為甚麼我不是他的唯一
男生的擰巴來自總問為甚麼我不是世上最牛逼
如果有解就是共產主義了

*078*

遇見好人把好人害了
遇見壞人被壞人害了
出生是個死亡率百分之百的事情

## 079

老媽說
那個時候的所有報紙其實就是一種報紙
我出生那天都在報道北京來了一個叫黎筍的越南同志

## *080*

永遠馬上能讓我快樂的是：
北京看得見西山的天氣
冰到恰好的一瓶香檳、書堆、你的腿

*081*

「你喜歡哪種女生？」

這些話不能說

要看遺囑

## *082*

「Fuck you！」

「你想的美啊！」

文化差異啊

## *083*

好吃的食物
大範圍撫慰身體
在體內走過身體一大半的距離

*084*

機場的安檢員
臉和嘴不停念叨：好煩吶
她為甚麼不看看旅人每一張不同的臉呢

## 085

到了日本
每餐都要吃三頓
女色之外就這點溫暖了

*086*

在一百零一歲小林的咖啡店
喝了一杯冷的、再一杯熱的
湊成一種享受套餐的滿足感

087

房間外的溫泉不停流淌
浪費啊
你的美和肉體也一樣

*088*

「我想你怎麼辦呢？」

「我在這裏啊。」

「你在這裏我又能怎麼辦呢？」

## 089

不朽的詩人死後
要留下詩歌、酒肉和地方
比如屈原和粽子、汨羅江，東坡肉和蘇堤

*090*

認識你之前
總覺得一輩子很長
現在覺得一輩子太短

## 091

腳底和頭頂抵住
長沙發的兩端
一節電池在充電

# 092

一個沒有浪費過生命的人
終將一事無成
男人寫的好文章也必定涉及某個女性

# *093*

手中一顆圍棋子
我不知道放在哪裏
她也不知道

## 094

四十五歲生日思考人生
發現最爽的還是兒時一樣的行為
翻書、碼字、一醉、一睡

*095*

「沒有理想
沒有姑娘」
可是，絕大部份屌絲都是這麼過的啊

# *096*

有些人有些夜晚有些酒
不能不喝完
不能不離開

## 097

我內心還是個少女啊
我身體還是個處男啊
今天的雨下了停，停了下

*098*

大把頭髮抓在手裏
像流水和時光和生命一樣滑一樣沉一樣無奈
除了醉和作罷之外還有甚麼別的辦法嗎

## *099*

想做一天酒店游泳池救生員
打發一直不走的時間
等待從不到來的危險

## *100*

人類最大的愚蠢一定包括

上車前嫌麻煩

不上洗手間

## 101

把四處的藏書歸到一室
遠遠看去
彷彿時間和百獸喧鬧的山林

## 102

你睫毛不抬
你頭髮滑下來
簾子不捲香不散

*103*

初見你以為是一時的天氣
見了又見
發現是看不到頭的氣候

## 104

今天的黃昏是我很愛的那種
街上是打着傘卻不急着走的人
天空是一張沒擦乾眼淚就笑的臉

## *105*

越是記仇的人
越要善待他們
萬一他們活不久怎麼辦

*106*

已經很久沒見了，但是想起
她一笑啊
命都想給她呀

# 107

「你喜歡甚麼樣的姑娘啊
我幫你找」
我喜歡不同的

*108*

酒量太差喜歡男女關係的
還是不要做老大的好
一張穿戴整齊的床照都惹來一串血腥了

## *109*

找到一部 AV
女主叫起來像你
後來就反覆看這部 AV

## 110

那些美得讓人心臟發緊的姑娘啊
一句話不説地吃菜喝酒
她們知道自己的力量嗎

*111*

「你來時我總有時間見花總是開
你說花是
怎麼想的」

## 112

我決定不計算
去年掙了和花了多少錢
堅信沒剩下的錢都花在享受生活上了

## 113

你問：「我想你，怎麼辦呀？」
我向廟和太陽拜了三拜
說不出話，想不到要期望或者不期望啥

## 114

小臉紅撲撲拿着酒瓶走出餐廳的人有福

而且還不是週末

而且還是中午

# 115

好房子的終極標準就是
一看到就想坐在那裏和你喝杯酒
然後睡一下

116

六分飽
大半瓶酒
淺淺的苦和人性醜陋還沒來得及浮出表面的戀愛

## 117

下輩子，你再長個雞雞
我再長個逼逼
就這樣再肏一輩子

## *118*

我們害起人來先害自己
我們罵起人來先罵彼此
我寧願和你吵也不願愛別人

## 119

在花下，我忽然理解了
與其仇恨，不如一直愧歉
這樣才有來世和不朽

## *120*

再美的胴體
如果沒有靈魂
做十次也就只是一塊肉了

# 121

見到美麗到眼前一亮的女人的臉
頓生歡喜
說好的主要欣賞靈魂的啊

*122*

「簡簡單單的兩個男女
為甚麼不能簡簡單單地相愛？」
「彷彿一個孩子不敢游向腳觸不到底的大海」

## 123

累極睡去

夢裏開一輛車出去

二環三環四環醒來褲子還沒脫去

## 124

做了那麼多惡事
絲毫沒影響睡眠
説明那些都不是惡事

## 125

「我他媽的午睡都在想着你，陰魂不散」

「那是我前世修得的神功」

「你沒甚麼神功，是我鬧的」

## 126

我以為我幾乎忘記了所有細節
鑰匙左右扭動的聲響
那晚窗户裏的夜的光

## *127*

我們在這裏看過寒冷的天氣
你不知道來去
也不信我説的所以

## *128*

你質問我記得甚麼
我記得那天的湖水
和那天比湖水還水靈的你

*129*

你看流雲，在操場上
我覺得你美到
讓我主動克制自己的慾望

# 130

你知道你會死
我知道我會死
但是誰也不知道哪天會死，這就是日子

## 131

坐在北京南城的街頭
一個鐘頭，發現
不熱愛婦女的人就是沒趣味的人

# 132

長假的時間不再像瓜子
一粒粒的
而是像月餅，一坨坨的

# 133

冷點
最好再冷點
就能看清本質，抱着睡了

*134*

你的髮髻和佛的背光和她的劉海兒
還有宣紙上的墨跡
還有暗夜裏若隱若現的哭泣

# 135

是的，沒甚麼大不了的
因為能放下
所以能負重

# 136

天再冷一點吧
越冷越好
我就能抱緊你睡覺

## 137

在我看清惡的力量之後
我轉身從小門逃走
像一隻小獸

## 138

她不想獨佔你的時候
她也不再愛你了
基因就這麼矛盾

## *139*

在每杯酒裏看到你
硬硬地
像鞋裏的石子

*140*

記住，那些看着你
問你最近是不是瘦了的人
都是愛你的人

## 141

你印證了你我相同的一個重要三觀
你說，「放下一切，
和我在一起吧。」

## 142

一個帶保鏢的男子問身邊如花的女子
你吃飽了嗎
覺得這個男子是他的雞雞和這個女子的中介

## 143

你有那種開一瓶酒喝不完

點兩個菜又多的孤單嗎

我有

*144*

記憶如初雪一樣堅實
你下過之後
再下的就不是你了

*145*

在北京
我忽然發現
這裏竟然沒有星星

## *146*

在昆明
我去
天上竟然有星星

# 147

她幫我繫上上衣所有的扣
和我說
你不要在乎別人的感受

## 148

所有不是為了睡而睡的睡都是令我不齒的
生活夠複雜了
何必

*149*

月亮靠在樹枝上
你的頭枕在我肩上
月亮還是落了

## *150*

少女味道的記憶
對我已經很遙遠了
心死也不遠了

*151*

想念怎麼能總掛在嘴上
好吧，我最煩的時候想起你
最想顯擺的時候想起你

*152*

天地混沌
人要戴口罩
是天地有病還是人有病

## 153

有人統管「天地人」
個人以前還是螺絲釘
現在充其量是吸塵器

## *154*

人頭其實是花盆
負責種植頭髮
以及宣揚它

*155*

大雪封山
操你一個冬天
還是兩個冬天

## 156

把人和眾人的惡行
都放在陽光下，如同研究人類疾病
是抵禦輪迴的捷徑

157

好多少年
毀於一旦
那個王八蛋

*158*

初戀，再見，不見
一個人的海邊
一個人的裙邊

## *159*

你一杯水
倒進大海
大海就是你的了

## *160*

遇上似乎天大的事兒
關上手機
明天再處理，切記

# 161

想起小時候第一次泡妞兒
沒啥好手段
只好帶她去樓下旅遊

*162*

你真不喜歡被當成玩具？
我只喜歡做你的玩具
然後玩具玩你

## 163

這輩子最喜歡的是晃悠在賭場
豐衣足食
略感奢侈

## 164

人生悲劇莫過於正幹得興起

一睜眼

高潮不見了

## *165*

看着山下的某個世俗的人說
送錢、送女人、送孩子去海外讀書
絕少有搞不定的

*166*

總有些美好
會抗拒殘暴
每個春天定時開放

*167*

「你為甚麼要看我這個樣子？」

「你說你想喝多」

其實你質問過我很多次：「你見過我其他的樣子嗎」

# *168*

你說，送你回家

我就按你說的做了

你在你家路邊的馬路牙子坐了很久

## *169*

你喝多了，俯身抱我吐
右手在我脖子上用了很多指爪的力氣
我記起了當初你頭髮的氣息

## 170

每個人都很辛苦
我不責怪醉了的任何人
我希望有一天我爛醉，有人會善待我

# 171

喜歡在北京這個缺雨的城市看雨
從窗户望過去
你用二十幾歲的身體撐開雨具

172

好愛不為難
好關係是滋養
這些都是沒反覆深入性交之前的話吧

# 173

我喜歡那些以十年為一年的人
提到四季
他們會在潛意識裏喝一些酒總結一些規律

174

我有能力在一段時間只喜歡一個姑娘
但是無論如何，只是在沒得到的那段時間
這個和姑娘是誰無關

## *175*

這些人類嘛
一旦滿足
就不開心了

*176*

別和人性爭
佛之外
都輸了

## 177

你不愛喝酒也總喝多
你說你需要發洩
你發洩也可以靠我嘛

# 178

見到月亮拜一拜
見到太陽拜一拜
見到你拜一拜，沒任何期待

179

一腳天堂
一腳地獄
我適應之後天地急了

*180*

僧侶們敲碎巨大、複雜、優美的壇城
彷彿一切都不曾發生
壇城的碎沙也在一刻不停地形成下一個壇城

## 181

手忙腳亂地操完你之後
你沒有絲毫變化
我安靜地睡了

*182*

我夢見很多怪異的事情
我想記下來他們的夢境
他們吐了就再也看不清

*183*

我看詩集的時候
你把外套脫來脫去
你告訴我很多道理我覺得你受了委屈

*184*

拔出後不後悔
睡了還想睡
就是所謂的愛情了吧

## *185*

你是一朵插在任何花盆都要撐破的花
我有能穿透時間的文字
我問你，我要不要死在花下

## 186

和我們比算法的都輸了
和我們談放手的都贏了
和我們談蓮花的就讓他們開放着吧

*187*

老媽
母親節快樂
謝您一生不管之恩

# *188*

後半生致力於提高性激素
熄滅好勝心
不做勝率的計算

## *189*

我和你說

鑽戒，你買給我啊

我想的不是錢，是你

*190*

在醉前睡去
不設鬧錶
反覆夢見你

*191*

下雨，下雪
肉身泡在溫泉裏
想你，淅淅瀝瀝、噼哩啪啦

## *192*

以後只和兩類人花時間

真，好玩兒

真，好看

## 193

當花開起來的時候忍不住想想你
你說為甚麼要看你醉去
我說天底下哪有比這更好的別離

## 194

畝產萬斤
不如我們抱一下下慶祝一下
萬斤是假，真的是抱一下下

# 195

側身躺在你身後
大把抓着你的頭髮
想抓一晚，但是很快睡着了

## 196

有了孩子才真體會到衰老

他們一天天長大

你一天天離開

## 197

所有激情最終都會熄滅
運氣好的變成親情
無關道德修養，這是自然規律

## *198*

你累了
枕我右臂睡下
我一聲不吭一動不動

## 199

愛情到了快四十
像老人一樣包容
像兒童一樣瞬間放下

200

年近半百之後
每一筆每一畫
都是試圖除去前半生傻逼之處

## 201

不上床的戀愛
都只是情竇初開
哪怕一次次再來

## 202

我不得不一次次見你
我不娶你的原因
是我太愛你了

## 203

想不清為甚麼的事才可以做很久
聽雨
看你

*204*

遠古的時代
巫師、武士、醫生、藝術家、王
合一

205

我能忍住你的那一天
世界平坦
一切沒了懸念

## 206

望遠鏡

短波收音機

VPN

207

今晚好鬱悶
我們喝酒吧
然後抱一下

208

你走上樓梯的時候
我每一步都聽着
你恥骨之下，都好美

## 209

所謂風骨
就是風起的時候
骨頭不想幹啥

## 210

我貪看你的時候
我能改變天氣
和花開放的次序

*211*

我去海邊蹓躂蹓躂
如果不能抱着你親吶親吶
如果不能喝到倒下

## 212

你一直在漫無邊際地說
後來我才知道我一直在笑
我才知道我愛上你了

# 213

喝酒處，登高處
破處之處
詩才耗盡之處

## 214

我喜歡你
我咬牙不睡你
我滿心歡喜補牙去

## 215

我想你的時候你說不要物化女生
我不想你的時候
你說記得我的野蠻

216

你總是有辦法

把人問得流淚嗎

但是如果有選擇，誰想哭啊

## 217

為甚麼不能如初相見
你那時候的肉體透明
我關上了讀書燈

## 218

好愛不為難
不為難的還是好愛嗎
人世間沒有一定的道理好講

## *219*

我們這些工匠就着女性的身體
創造瓷器
恍惚間還是迷戀那些身體

220

那些亂睡的青春
那些爛在心裏的詩
那些不想説話的日子

221

這樣粉白的臉
配這樣墨黑的頭髮
老天總覺得人間不夠混亂

*222*

毛筆在白紙上留下
你的黑髮
黑髮留白處是你的鬢邊

223

看唐代白玉梳子
想流水一般的黑髮
玉梳像橋一樣不動

224

思念一些肉體
彷彿枝條思念一些春天
但是比枝條多了很多無趣的權衡和取捨

## 225

最初的書法大師哪有帖臨
最初的心煩哪有經念
我還是念你吧

## *226*

十八歲前後我總想和身體談談
身體一言不發
拉着我做了它想做的事情

## 227

我想玩會兒你的頭髮
一會兒兩會兒三會兒
四會兒五會兒六會兒

*228*

讀佳書睡去
夢裏因果顛倒
酒醒寫詩、看雨

## 229

「做藝人一定要紅，
不紅別人為甚麼要找你！」
其實也沒只有身後名的詩人

## 230

毛茸茸腫脹的青春片在審查之後

只剩毛了

被剪的直接合成了一部偉大的毛片

## 231

據説審片現場是這樣的

「哈哈哈哈太好笑了，刪了！」

## 232

早上你再一次含了那塊肉
亂髮黑黑地癢癢地沉在我兩腿間
那些如此醒來的早上啊

233

散開你的長髮
讓我再玩會兒它
窗外星星如落花

## 234

女人的身體給了
心也就給了
這點不同再次證明男人都是禽獸

## 235

經常遇見之後的下一次
還是期待見到
你化了妝、洗了頭髮

## 236

雷電交加

「當年發的偷情被雷劈的誓真的有靈嗎？」

「劈你的雷已經在路上了。躲着樹。」

# 237

煲仔飯裏的肥肉和貓
如果在一個廟
如果在一個你無法躲開的一秒

## 238

我想聞聞你頭髮分開的白色

然後死去

然後再去

*239*

輸的都不是政治家
贏是第一道理
女人最大的美就是進攻性

## 240

「我能交女朋友嗎？」

「不行。」「為甚麼不行？」

「就是不行。」

## 241

睡着以後
腦子被某個力量拿走
裝進些甚麼、刪除些甚麼

## 242

想我嗎

我不是在陪你喝酒嗎

窗外雨也下了很久了

243

我來看看你到底有多好看
再決定買不買你的書
然後我就買了好幾本你的書

244

喜歡的標準是
和你時間過得很快
想多多見到你

245

我看點陰暗的書睡了
困惑等過一陣就沒了
和所有的愛一樣

## 246

睡熟的時候硬盤壞了
明天腦子一直被複製
直至某時

247

一生能開幾扇門
幾個女人
幾個早晨

## 248

少年時連續夢見你七夜
昨天夢見你在夢裏醒來
問我少年時那七個夜晚

## 249

時間
只有偉大的時間
知道一時的塵土和青山

*250*

當「日常的捆綁」變成一種骨子裏的習慣
當「有選擇的任性」成為一種不糾結的堅定
這個時候，壽司的味道，大概是回味更勝本來的味道

251

盡心力打造的壇城在瞬間坍塌
觀察壇城的人沒看到一粒沙
一粒沙也沒看到讓它再匯聚的剎那

## 252

性不過是弱相互作用力的宏觀提現而已
染色體表達和變異的那個微妙數據
其實是由量子躍遷公式決定的

253

觸摸你周身的小物件，和你咬耳朵說話

你問有沒有時間見見，時間它就來了

你說，我喜歡你嗎？

*254*

有些石頭天生激發人類貪欲
有些人和這些石頭類似
你是之一

## 255

天用雲做字
地以水化心
人還是執迷不悟

256

最好的將軍想不清楚、不該想
他眼前的戰爭在人類歷史上的地位
儘管他偶爾會納悶

## 257

我洗了一個涼水澡
早知道修心之路如此曲折
我還不如直接成魔

## *258*

我走進你的懷裏了
我走進你的山裏了
然後呢

# 259

你可以對我的身體做任何事情
讓它知道四季以及四季輪迴
宇宙之廣和宇宙之罪

*260*

看一個城市
衣食住行
政治經濟文化科技

## 261

你是偉大的女性
晚上操
朝可死

262

聽說一個老友的老婆掛了
我們都非常傷感
為啥走的不是他

## 263

誰不厭世啊

誰不想出門被車撞死啊

誰想明早醒來啊

## 264

我實在找不到誇你美的話了
只能說你的鼻子
是透明的

## *265*

一生只有三段
早上、中午、晚上
然後就沒有然後了

## 266

你一定是眾花中最脆弱的花
回家後
你又哭了

267

人是外星人的寵物
我的小
是眾生之規

*268*

人就不能像花一樣
凋落嗎
零落成塵

## 269

深愛而想獨佔
獨佔而生怨念
此事古難全

## 270

他愛你甚麼
下半身自己能動
四季水流不止

## 271

我得了一個鉢
以後吃喝拉撒
都在這個鉢裏

272

為甚麼人類
要八點起床
受不了

273

看了一個全國矚目的秀
看到有個東西跌倒在台上
那個東西好像還挺有名的

274

所有的生物都不做壞事
而且感恩
世界會怎麼樣

## 275

如果三觀不合
在訴諸武力之前
先賭個輸贏，不好嗎？

## 276

我們禪宗只有一和零
你在一瞬間猙獰
你就是沒有修行

277

大處空寂
小處開心
之外都是邪説左道

278

人都有個別過不去的心魔
比如想念一個不該想念的人
比如維護一個必敗的局

## 279

你不會不知道我是一個壞人吧？
你還需要知道的是
這個壞人自殘地決定今生放你一馬

## 280

做最好的老年
就要記得自己最牛逼的幾個故事
然後絕不要重複講它們

## 281

最好的老哥是在我小時候
問我想抽誰，他老了之後
給我一百元打車回家

## 282

說好不成材
只用好這塊材料
如果所有人都爭第一，一世界的猙獰

## 283

你特別特別愛我
在我腦子裏反覆操我
你不知道，我知道

## 284

我的一生是個悲劇
你是原創
和主演

## 285

千年的王八萬年的龜
祝你們全家
壽比南山

## 286

收拾二十年來的舊物

似乎初相見

似乎提前見自己的墳墓

## *287*

你暈酒

我暈血

這一場奇怪的交杯酒啊

## 288

我媽說，你活到今天是個奇蹟
「小時候我開着挎斗摩托帶着你
我一剎車，你就飛出去」

# 289

你家有個完整的護城河
冬天了，我送你雙冰鞋
你就可以繞城飛

## 290

我媽說，你又鬥不過我
你就順着我，你還能多活幾年
順着我，你會死嗎？

## 291

喜歡美好的事物灑下來
你灑下來，雨雪灑下來
冬天午後的陽光灑下來

## 292

女人和她第一個兒子的關係是複雜的
我媽對我哥說，即使我是泡屎
把屎拉到你的命裏也是我的使命

*293*

初戀說
如果我能容忍你愛別的女人
我就真是不愛你了

294

「我到處是水
隨時是水
不能三四個小時，就不要來找我」

## 295

下雪了
想你了
二者之間的道理是甚麼

# 296

細雪長時間落在山上疏散的林子
好美啊
你細白的長時間的笑

## 297

去院子外面接了大捧大捧的雪
燒開了小小一壺水泡隨身的茶
少了日常的火氣

# 298

腦子裏滿着、糾結着
詩啊、雪啊、星空啊，那些無用之物
就進不來

## 299

荒木經惟説他老婆死後不再拍女體
只拍天空
他老婆死後他只拍了幾天天空

*300*

甚麼是佛祖西來意
佛祖無意我有意
「傻人有傻福，但你是傻逼」

## 301

就此分手吧儘管彼此都還想做點甚麼
帶回家，要當成作業來做
太累了

## 302

你有勇氣脱光我吃我用很多形容詞形容我
為甚麼不能像個人樣地離開
雨大了我就跑了

## 303

我跑過你家樓下，我沒看見你爸
你家樓下不少大媽，我沒看見你媽
我跑過你家的樓，我遙遠地頻頻地向你招手

# 304

我全部痛苦的來源是我想你
我全部的解藥是
抱緊你

# 305

我們擦肩而過，之後為甚麼沒有大雪零落？
我們以淚洗面，之後為甚麼還能笑臉迎客？
我們相互溫暖，之後為甚麼還是如此寂寞？

# 馮唐簡歷

男，1971 年生於北京，詩人、作家、古器物愛好者。1998 年，獲協和醫科大學臨床醫學博士。2000 年，獲美國 Emory 大學 MBA 學位。前麥肯錫公司全球董事合夥人。華潤醫療集團創始 CEO。現醫療投資，業餘寫作。

代表作：長篇小說《十八歲給我一個姑娘》、《萬物生長》、《北京，北京》、《歡喜》、《不二》、《素女經》，短篇小說集《天下卵》、《搜神記》，散文集《活着活着就老了》、《三十六大》、《在宇宙間不易被風吹散》、《如何避免成為一個油膩的中年猥瑣男？》、《成事》，詩集《馮唐詩百首》、《不三》，翻譯詩集《飛鳥集》等。

Feng Tang, born 1971 in Beijing, novelist, poet, archaic jade and china collector, and private equity investor. He was a former gynecologist, McKinsey partner, and founding CEO of a large hospital group. He has published six novels including Oneness, one of the best selling novel in HK publishing history. He also published four essay collections and two poem collections. He was awarded 1st position of Top 20 under 40 future literature masters in China.

# 馮唐作品

《不二》

《素女經》

《馮唐詩百首》

《天下卵》

《萬物生長》

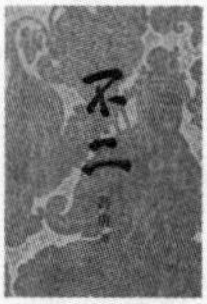

《不二》(精裝)

《三十六大》

《在宇宙間不易被風吹散》

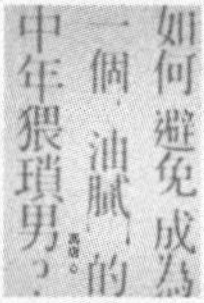

《如何避免成為一個油膩的中年猥瑣男？》

《十八歲給我一個姑娘》

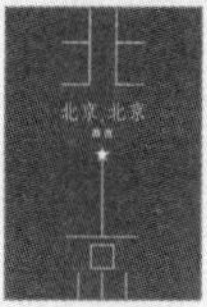

《北京 北京》

《飛鳥集》

《活着活着就老了》

《搜神記》

《成事》

www.cosmosbooks.com.hk

書　　名　不　三
作　　者　馮　唐
責任編輯　陳幹持
美術編輯　郭志民
出　　版　天地圖書有限公司
香港皇后大道東109-115號
智群商業中心15字樓（總寫字樓）
電話：2528 3671　傳真：2865 2609
香港灣仔莊士敦道30號地庫／1樓（門市部）
電話：2865 0708　傳真：2861 1541
印　　刷　亨泰印刷有限公司
柴灣利眾街德景工業大廈10字樓
電話：2896 3687　傳真：2558 1902
發　　行　香港聯合書刊物流有限公司
香港新界大埔汀麗路36號中華商務印刷大廈3字樓
電話：2150 2100　傳真：2407 3062
出版日期　2019年12月／初版

---


ISBN ：978-988-8548-45-3